普味斋詩词選

马国良 题

孙志勇 著

敦煌文艺出版社

图书在版编目（ＣＩＰ）数据

普味斋诗词选 ／ 孙志勇著. -- 兰州 ： 敦煌文艺出版社，2016.7（2024.1重印）
ISBN 978-7-5468-1462-9

Ⅰ.①普… Ⅱ.①孙… Ⅲ.①诗词－作品集－中国－当代 Ⅳ.①I227

中国国家版本馆CIP数据核字(2016)第162593号

普味斋诗词选

孙志勇 著

书名题字：马国良

责任编辑：张 桐
装帧设计：蔡志文

敦煌文艺出版社出版、发行
地址：（730030）兰州市城关区曹家巷１号
邮箱：dunhuangwenyi1958@126.com
0931-2131552（编辑部）　　0931-2131387（发行部）

三河市嵩川印刷有限公司印刷
开本 889 毫米 ×1194 毫米 1/32 印张 4.375 插页 3 字数 120 千
2016 年 7 月第 1 版 2024 年 1 月第 2 次印刷

ISBN 978-7-5468-1462-9
定价：36.00 元

如发现印装质量问题，影响阅读，请与印刷厂联系调换。

本书所有内容经作者同意授权，并许可使用。
未经同意，不得以任何形式复制转载。

为之兄豫见先生普味斋诗词选

释名　普味斋

普者天地之德味者意境卿呈

易道周普　人生百味

茶喜熟普　诗重情味

用以为斋号云

丙申荟月佳明斋　尚贤

序

《尚书·舜典》云:"诗言志,歌永言。"诗词,肇自先秦而流芳百代,每每后起之秀,鱼丽相习,思慕风神,崇尚雅音,乃使泱泱中华,煊赫昭耀,以抒情文学超迈八荒。诗之始发,全本性情,直抒胸臆,不事雕琢,不拘外物,虽有美政刺世,兼及感时忧身,大抵缘情敷文,而情性摇荡之际,必能吐辞天成,备致情意,不必为文词所制也。

吾友孙志勇兄,字为之,豫州人也,生长幼志于嫘祖之乡,成立事功于岭南赣南,诚然商界之英,而擅藻翰之能,每在公务之暇,多兴情怀之寄,日月恒升,诗词满笥。今自择其留意有加者百二十章,付梓行世,以其斋号名之曰《普味斋诗词选》,嘱予为序。与为之兄相识,在江南宋城赣州,由聂兄绍群教授引介,一见如故,为之兄知我网名曰汉书下酒,乃赋诗云:平生意气动风雷,雅志诚如子美才。慷慨何须三尺剑,汉书一卷酒千杯。于是烹茶煮铭,谈笑春风,诗文往来,意兴与日增隆,情谊如水流深。朋辈知其为人,大气净阔无出清丽温洒,温情脉脉更兼神思高蹈,左右兼彩,宏阔深蕴。师友论其诗词,若蛟腾汉广,滔滔兮横波万里潮东逝;似兔奔蟾宫,皎皎兮素华千丝月西流。予谓普者天地之德,味者意境所致,易道周普,人生百味,茶喜熟普,诗重情味。欧阳永叔《醉翁亭记》有句"蔚然而深秀者",窃以为为之兄之诗作,可谓"郁然而深秀"者。

统观为之兄情怀所系,一则访古追幽,寻遗寄傲,登临遣兴。虔城水梁湖泽,山野洲林,桂殿飞阁:章江贡水,郁孤台,翠浪塔,马祖岩,杨仙岭,赣甫台,大余丫山,樱花公园……寻野历奇,不觉陶然。

所遇即所得，所书即所欣，文采其斐，《文心雕龙》所谓"我才之多少，将与风云而并驱矣"。山水之乐，古来有之，沧海神州，斗转星移，大漠穷秋月满弓，江州逢春泪空流，大千世界，无处不神奇，无时不秀灵，皆待为之兄妙笔生花，有时临篇而辍虑，有时倚马而章成，卷眉睫之声色，抒珠玉之情采，遣俊逸之兴发，望潘江与陆海。

二则体物风骨，感事清趣，明人深谊。

物无恒姿。为之兄心性高洁，缘彼草木。所作妙品，常有荣华邀延：见梅乃曰"一向孤标喜清苦，从来功业费琢磨"（《见梅花有寄》），体品性以思香寒之奥旨；吟兰则有"哪怕山深人不识，谷幽涧远自葱葱"（《山中兰》），察离态而表出尘之神姿；品菊斯言"莫道重阳秋已甚，抱香老圃待霜来"（《汴梁菊》），格孤志乃赞凌秋之韵气……草木得灵，笔触衍微。更兼古槐山茶，秋桐夏榴，江上木芙蓉，谷底金钱草……夏英春华，青荣翠茂，为之兄托物言志之旨，有独到矣。

事有恒理。韩文公曰：文以载道。为之兄奉之惟谨，著意为辞，而能不落窠臼，亦奇也哉！江畔品茗，而得雅集论道之幽情；楼上听雨，可知世事兴衰之惜意；中夜闻鸡，忽有砥砺进取之积志；阁前指雁，偶感思态变迁之遣怀；客舍观剑，乃畅英豪鹏举之壮慨……君子多情，解语慰心，缘事而发，语语精到。

人有恒情。为之兄所作，兼有酬唱佳咏，时境纷呈：千里送别，高朋会饮，璧人婚庆，不一而足。《贺新郎》有佳句，录之："浮世从来多聚散，赖征鸿，分付经年事。虽四海，若邻比。"淡水交游，人如咫尺，所谓文如其人，深意而浅慰，脉脉兮淙淙，为之兄谦温卓尔，秉性可见一斑！

三则一世亲恩，两地离情，万里乡愁。

茫茫尘寰，真理真情，乃在尊尊亲亲，慎终追远。为之兄行旅江南，寓足海内，思亲望乡，情深意浓。七绝《庚午日望月思乡有寄》"慈母倚西窗，慨然悲朗镜"，叹凯风棘心，寸草春晖；五律《平安夜逢弟生日见红豆有寄》"一把相思子，三秋岁月稠"，感手足胼胝，血浓于水；七律《中秋望月》"凭栏未觉衣衫薄，但借清辉相对看"，愿举案齐眉，比翼双飞……《秋怀四首》第四有句："一盏黄花酒，能知两地秋"，念彼江天万重，暮霭廓森，古人云：黯然销魂者，惟别而已矣！似此离情别绪，为之兄拈来成章，随意撩拨，每动时人共感之弦。

予盛爱为之兄自创雅曲《江南秋》："九月九，是重阳，万木已清霜。山高路远秋风劲，归雁一行行。九月九，是重阳，墙外菊花香。渔舟不解登临意，江晚起鸣榔。"天生一段清雅之趣，流溢目前，素朴自然，精巧有致，而情思悠佳，韵质绵厚。掩卷合眸，一派深秋景致历历宛在：重阳晚照，秋水寒船，黄花遍地瘦散，远歌逐水送传，山高霜风，归雁几行……茫茫然幽思一缕，牵肠挂魄，断送昏黄！美哉天籁！

予亦激赏为之兄炼字殊绝，狂句拍案。五律《平安夜逢弟生日见红豆有寄》，首联便惊艳："春来几树发，红玉滴枝头"，这个"滴"字，可供玩味：红莹剔透，微微然有欲坠之状，娇小玲珑，鲜美异常。试想，轻风一夜，微雨渐沥，晓看一树红玉，粒粒清憨，摇曳晶亮，红豆沐雨，历历可数。"我为狂歌，一曲阳关赋"（《点绛唇》），仿若北雁情溢云间雪，长缨气贯雾里霜；"惜流光，几番催促？待从头，同唱大江东"（《八声甘州》），"再倩长虹持帚，扫清狗苟蝇营"（《风入松》），纵然尘世沉潜，青黑晦明，众生颠倒，士子仍具"仰天大笑出门去"之蔑小傲污，魄力也平添三分。

作此序夜，正坐和中国学馆草窗之下，静室跌郁，忘怀万虑，信手把笔，浸月空书，封题之时，不觉叹慕。词雅诗趣，清风逸续，复如满庭幽露，千古寸心。举头见浩渺碧虚，皓月如盘，清光满掬，一室空明，饮罢普味，浣濯肺腑，得友若为之兄，夫复何求？！

丙申小满于和中国学馆

目录
CONTENTS

【普味斋词话】

为之诗选

老子曰：上仁为之而无以为，上义为之而有以为。

大学云：为之者疾，用之者舒，则财恒足矣。

天下事有难易乎？为之则难者亦易矣。

——《为之诗选序》

该部主要收录作者戊寅年至丙申年间五七言诗作，凡五律、七律、五绝、七绝、五古等七十余首。

五言律诗

日暮望高塔有寄

　　日落时分，对江独立，正沙平岸阔，夕烟四起。杨仙岭上高塔入云，望之遥不可攀。时秋节临近，北雁南飞，不觉思绪万千。赋以寄之。

高塔凌云耸，望中意未休。
烟低沙岸阔，日隐麓林幽。
征雁思胡地，羁人羡钓舟。
秋心何所寄，红蓼水边头。

二〇一四年九月二十八日

夏日归乡有感

　　久居客地，常恋故土。然每次回乡，便觉其荒凉日甚。童伴多儿女成行，且常年不归；能唤我乳名者，均白发苍苍。大树日衰，池塘渐涸，记忆中的乐园杳无踪迹。心中凄然。

久游成远客，情怯此归乡。
花落桐阴薄，蝉嘶夏日长。
柴门开陋巷，草径入荒塘。
物换人非昨，无言泪两行。

二〇一四年六月二十日

春怀二首

其一

近日或将出行，暮至江滩，望之而有所思。

春来万木兴，微煦荡云层。
翠鸟呼同伴，良人思远征。[1]
长亭生碧草，古渡下河冰。
客舍三更雨，空闺一夜灯。

二〇一四年二月十九日

【注释】①远征，此处指远行，出差。

其二

春日登高，并忆往岁与弟等同登之事，意有惘然，兼怀弟刚。

塔高人独倚，渺渺望长川。
岸岸垂新柳，山山响杜鹃。
风催船底浪，雨湿渡头烟。
才忆须臾别，何期又一年。

二〇一四年三月十八日

望 岳

近日颇思高山，憾无暇登临。寻杜甫之《望岳》，读而有感。

> 天高连叠翠，岩峻望崔嵬。
> 溪曲因峰转，梯悬倚峭回。
> 奇兮灵物出，壮矣谢公来。
> 何叹前贤迹，心坚吾可追。①

二〇一三年九月二十七日

【注释】①语出成语"心坚石穿"，喻意志坚定者，百事能成。

见贡江落日有感

　　癸巳向晚，信步贡江北岸，见斜日之下，山黛林寂，水落石出，草衰萍枯，萧条如此。有感。

日斜桥影渐，林寂雁踪冥。
水落汀洲白，岚浮岭嶂青。
当春生碧草，今夕下枯萍。
逝者如斯矣，何由不涕零。

二〇一三年一月二十七日

登翠浪塔有感

时近秋节，天高气爽。登翠浪塔，俯瞰虔城而有所感。①

斜日挂城头，城光一望收。
长虹携岸坠，玉带挽沙流。②
潮涌霜澜叠，帆悬白鸟浮。
凭高思杳渺，江阔正清秋。

二〇一二年十月十四日

【注释】①翠浪塔，位于赣州市老城区与章江新区和西城区接合部的章江西岸杨梅渡公园山顶上。塔名源于北宋大文豪苏东坡吟咏赣州的诗句"山为翠浪涌，水作玉虹流。"②长虹：指横跨于章江之上的飞龙岛大桥。

金钱草

自诊有胆石症以来，遍访良药，乃知金钱草。其味甘、微苦，性凉，有清热解毒、散瘀消肿、利湿退黄之效。外用以鲜品捣敷，内用以草干煎服。遂求而饮，代之以茶。咏之。

叶似小铜钱，长于砂土田。
清明苗始发，立夏蕊初蔫。
味苦清肝胆，性凉消肿宣。[①]
冷敷鲜草捣，热饮燥枝煎。

二〇一二年三月十九日

【注释】肿宣：即宣肿，谓肿胀隆起。

雨中登赣州古城墙望郁孤台有寄

登古城墙，时有微雨，江上蒙蒙一片，波浪起伏，回望郁孤台，有感。

舟桥连岸阔，楼蝶枕江开。
雨送霜涛去，风催雪浪来。
山深禽影寂，路远客心哀。
百代兴亡事，千秋望阙台。[①]

二〇一一年七月十日

【注释】①望阙台：唐代李勉为州刺史（江西观察史），登台北望，慨然曰："余虽有不及子牟，心在魏阙一也，郁孤岂令名乎？"乃易匾为望阙。后虽屡经废兴，仍名郁孤台。

庚寅中秋思及家人有寄

　　中秋之夜，独于江上望月，戚然有所思，并忆故乡之月夜，寄之。

宝镜悬江上，清辉濯玉波。
天高云散淡，风急桂婆娑。
自古合欢少，从来离恨多。
婵娟应有意，伴我共吟哦。

二〇一〇年九月二十二日

登赣州马祖岩有感

登马祖岩，一路上雀噪蝉鸣，颇有意味，记之。^①

驱车寻古寺，曳杖访遗踪。
雀噪崖边竹，鲷鸣壁上松。
禅房通曲径，佛日照烟峰。
放眼青峦下，滔滔白浪空。

二〇一〇年七月十一日

【注释】①赣州贡水东岸的马祖岩，因唐代高僧马祖道一曾驻锡于此而得
名。

平安夜逢弟生日见红豆有寄

平安夜，路遇售红豆之物者，忽忆王维红豆诗，归有所思，赋之。兼寄。

春来几树发，红玉滴枝头。
此物不堪摘，斯情讵肯休。
王孙怀远雁，莲女寄浮鸥。
一把相思子，三秋岁月稠。

二〇〇七年十二月二十四日

丁亥中秋有寄

昨夜秋风萧瑟，今日秋雨零星，中秋或不得见月，不觉意兴阑珊。遥忆往年中秋之月、之夜，竟起思乡之意，寄之！

皓魄凌云汉，晴光护玉阑。
桂香侵帐薄，露气入衣单。
岁岁逢今夕，纷纷盼广寒。
离人遥相望，同月不同欢。

二〇〇七年九月二十三日

九月初八登深圳南山有感

客居鹏城，友人邀登南山，归而有感。①

借路秋山下，天高雁正南。
余晖澄暮霭，新月洒清岚。
极目云中寺，遥看石上庵。
顶峰无限趣，一览众生憨！

二〇〇六年十月二十九日

【注释】①南山位于深圳改革开放纪念公园——深圳南山公园内，海拔350米，双峰相连，登程约3公里。

七言律诗

秋　怀

重阳夜闻秋虫有寄。

一别家山万里游，年光容易又逢秋。
黄华不负西风约，白发频添倦客愁。
翠嶂斜晖怀朔雁，碧湖明月送渔舟。
人间何事堪悲怅，惯听霜虫唱寓楼。

二〇一五年十月二十一日

癸巳中秋有寄

中秋夜，于贡江望月，颇有所思，归而有感。

今宵谁与寄晴光，芦管声寒满地霜。
冰兔无心惊客梦，芳尊有意展愁肠。
赊来玉露三分润，留得金英一脉香。
何必高楼伤旅月，但将醹酊谢清觞。

二〇一三年九月三日

贺诗词大观园四周年园庆并咏之

受邀为搜狐网诗词大观园创立四周年而作。

大观园里荟群贤，妙笔纷呈郢上篇。
曲赋诗词传雅韵，友朋铸侣结良缘。
常闻鸾佩鸣庭月，时见珠玑坠玉钿。
曾羡高山琴断口，今邀盛会共挥弦。

二〇一二年十一月十六日

中秋望月

中秋前夕，约妻于贡江赏月；忆己丑年同在厦门赏月之事，感之。兼赠。

桂魄初生石渚寒，江心一派雪团团。
晴光铺地汀沙白，玉露澄天岸叶丹。
玄兔常窥人世苦，垣娥应记旧时欢。
凭阑未觉衣衫薄，但借清辉相对看。

二〇一〇年九月二十二日

七夕有感

七夕，各商铺热闹非凡，节日气氛颇浓，然似无关乎七夕本意，不由想起故乡关于七夕的民间传说，寄之。

人间几度迎今夕，忍把相逢换别离。
玉佩玲玲传紫汉，银梭冉冉约佳期。
阑干拍遍无人会，铜漏催时唯夜知。
乌鹊桥头星渺渺，葡萄藤下意痴痴。[①]

二〇〇三年八月四日

【注释】①葡萄藤：故乡民间有传说，七夕夜隐于葡萄藤下能听到牛郎织女的情话。

五言绝句

夜宿山中

夜宿大余丫山，辗转难以入眠。起而倚窗，闻风竹之声，布谷之鸣，更觉山之宁静。

山青月照人，夜静风敲竹。
徘徊无所适，倚窗听布谷。

二〇一五年四月三日

木莲二首

江上见木莲花开，试咏之。

其一

江畔生华木，焯焯湛露姿。
众芳摇落后，犹有拒霜枝。

其二

江畔生华木，花开赛牡丹。
不争春日闹，兀自笑秋寒。

二〇一四年十月十八日

桐花三首

清明之日桐始华。桐花虽不灿烂，但其乡野之气，见之岂无所思？试赋之。

其一

客路逢寒食，江空岸柳斜。
风烟迷野渡，微雨湿桐花。

其二

未知故丘前，桐花开几许？
燕低欲问时，一霎清明雨。

其三

江南春欲老，何处寄征思？
深巷莺啼后，桐花半落时。

二〇一四年四月五日

秋怀四首

秋意渐深，登高而有所思，赋之。

其一

落日满江洲，千山红叶稠。
西风归旅雁，流水送孤舟。

其二

烟涵江上秋，白浪逐飞鸥。
望极高城暮，鸣禽惊客愁。

其三

岸远江沙阔，楼高蜃霭浮。
登临无限意，聚散两悠悠。

其四

人情何太苦，佳节漫登楼。
一盏黄花酒，能知两地秋。

二〇一三年九月三十日

晨起见冰冻忆梅口拈二首

其一

一夜酸风冽，冰晨万木摧。
花开犹斗雪，唯有故园梅。

其二

瑶蕊初含雪，疏枝独占春。
清宵村笛里，芳气自氤氲。

二〇一三年一月四日

庚午日望月思乡有寄

月明之夜，望及窗外而有所思，寄之。

中宵月正明，霜雪满田阱。
慈母倚西窗，慨然悲朗镜。

二〇一一年十一月十一日

鼠年新春将至口拈自励

金猪辞旧岁，锦鼠迎新春。
更立排云志，随风上玉津。

二〇〇八年二月一日

问　雁

故乡有一小林，幼时尝倚窗望之。今见雁飞，仰而思之。

平林秋且尽，暮霭掩余晖。
仰问天边雁，何时带字归？

二〇〇七年十一月二十一日

七言绝句

春日有寄

春回大地，万物争发，感而有寄。

百花争发意氛氲，千柳垂丝大地新。
入眼风光君莫负，一年之计在于春。

二〇一六年二月二十一日

寒晨见山茶花有寄

　　晨起，漫步江堤，冷风袭面。见群芳谢尽，落叶渐稀，唯于萧萧寒木中，山茶花兀自开放，感而寄之。

　　　　众芳摇落独葱茏，粉白红黄各不同。
　　　　岂为天寒夸艳色？向来冷眼看霜风。

　　　　　　　　　　　　　二〇一五年十一月二十五日

品 茗

龙山堂雅集，品茗。寄之。

芳冽一杯温玉指，浮香半缕启丹唇。
画眉鬈处秋波起，疑是临川梦里人。

二〇一五年十月二十五日

登古城墙望落日有寄

登赣州古城墙，见落日之下，秋意正浓。忽闻蝉声，顿觉萧索。寄之。

独立高城意未休，玄蝉咽尽一江秋。
那堪古渡斜阳里，满树芳华逐水流。

二〇一五年十月四日

题榴花

江上榴花绽放，望之而有所思，寄之。

人间四月暖风熏，榴萼无言自郁纷。
岂是芳心偏爱暑，但匀绛色与罗裙。

二〇一五年五月三十日

江上即景

闲步江边，见斜晖之下，榴花更艳，赋之。

晚来闲步小桥东，水色山光一望中。
更喜江头斜照里，榴花争与落霞红。

二〇一五年五月二十六日

暮春即事

暮春时节，独步江堤，忽忆故园春色，感而有寄。

常忆故园三月初，无边春色入田庐。
如今春老江南岸，心事唯凭水底鱼。

二〇一五年五月三日

见李花有寄

　　偶见李花，觉其与梨花颇似。今长居赣南，少见梨花，忆而寄
之。

十里楼台燕子飞，江南江北惜芳菲。
梨花一地无人管，细雨蒙蒙湿客衣。

二〇一五年四月五日

秋江日落

小寒后一日，与尚贤兄闲坐。或语及范氏之岳阳楼文，尚贤兄即兴挥毫，拈得《七绝》曰："楚天一色洞庭秋，千里江山眼底收。欲问画鸥来去处，无端归掉忆神州。"余依韵和之，然情怀终有所不及也。

霜叶平分两岸秋，水天一色望中收。
多情剩有山前日，留取余晖映晚舟。

二〇一五年一月七日

秋日有寄

独立江畔，正四面秋风，霜叶萧索，望之而有所思。

秋风落絮满鱼矶，望断平沙雁影稀。
欲问音书寻不得，那堪霜叶送余晖。

二〇一四年十月三十一日

江上见木莲花开有感

木莲花开，虽天气渐寒而不减其盛。顿生"此花开尽更无花"之慨，试咏之。

花开谁似木芙蓉，独向霜天照眼红。
一片冰心吹不乱，芳姿着意待秋风。

二〇一四年十月十八日

甲午中秋见月出有感

中秋夜，望月出，映照江心，其大如斗，其明如镜，感而寄之。

金蟾裂海出东方，抖落银河满地霜。
一派明云托天镜，人间万姓举头望。

二〇一四年九月八日

春兴八首

　　春生万物。是故春和景明，绿草如茵，人皆喜之；至若春雨霏霏，烟柳如画，人亦喜之。踏春之兴，何关乎阴晴？尝携父母妻子日游于沙洲，或捡怪石以玩赏，或掘野菜而烹食，不亦乐乎？！父母携孙于丁卯月壬午日回乡居住，相隔千里之外，思之不免戚然。时值暮春，忆昔抚今，感慨良多，不知其北国之春何？！赋以志之。

其一

马踏春风万象新，无边光景在余津。
涓涓一带连山碧，燕舞平沙喜近人。

其二

燕子来时陌草熏，梨花半落雪纷纷。
扁舟欲系垂杨岸，恰有黄鹂隔水闻。

其三

行舟已远江波静，杜宇一声隔水闻。
莫问春衫湿何似，相知唯有渡头云。

其四

柳上娇莺啼翠浪，江头斜日照高台。
春风不解游人意，却送杨花扑面来。

其五

烟雨楼前柳色新，依依燕子往来频。
遥知北国行青处，花满春溪泪满巾。①

其六

烟雨蒙蒙新柳垂，长堤漫漫客舟迟。
春愁却似春江水，日夜东流无尽时。

【注释】①行青，指踏青。

其七

春风已老江南岸，时有飞花逐路人。
我倩飞花携我意，随波一夜到乡津。

其八

疏疏小院风来晚，梦断西楼夜已残。
却问飞花何处去，一庭明月照斜阑。

二〇一四年四月十日

赠　友

　　尚贤兄为人豪侠有义，博学有礼，潜心国学而造诣非凡。因其网名"汉书下酒"，感而赋之，兼赠。

　　　　平生意气动风雷，雅志诚如子美才。
　　　　慷慨何须三尺剑，汉书一卷酒千杯。

　　　　　　　　　　　　二〇一三年十一月九日

登赣甫台

　　秋节前后，登赣甫台。见落日斜晖之下，正水天一色。时有雁飞过，小儿不识，以手指之，作惊呼状。至晚有感，赋以记之。①

　　　高阁凭阑秋意晚，山衔落日水涵天。
　　　小儿不识南飞雁，笑问谁家放纸鸢。

二〇一三年九月二十日

【注释】①赣县文昌阁，位于贡江北岸、赣南客家名人公园西段，占地1032平方米。2009年10月2日动工兴建，2011年4月5日建成开放。阁楼外观三层，仿宋木结构，总高46.36米。该阁是充分展现赣县历史文化的经典建筑，颇具宋阁韵味、唐楼遗风，也是市民和国内外游客休闲观光、登高眺远的重要场所。

见梅花有寄

梅花香自苦寒来。人之功业，何尝不是搏而得之！赋以自励。

蕊寒哪管饕风恶，香冷何妨虐雪多。
一向孤标喜清苦，从来功业费琢磨。

二〇一二年十二月三十日

别　友

　　师友李君携妻自中山来赣，会于章江之滨，聊以事业，相谈甚
欢。明日将归，赋之以赠。

　　　　江阔潮平暮掩松，鹧鸪声里喜相逢。
　　　　今宵把酒西楼上，明日青山隔几重？

　　　　　　　　　　　　二〇一二年十月二十七日

端阳三首

故乡的端阳习俗，饮雄黄酒、吃煮鸡蛋、佩长命缕等；现居南方，渐习其赛龙舟、吃粽子、挂艾蒲等风俗。俗虽稍异，但缅怀之情相类。今端阳又近，赋之以寄。

其一

榴花照眼正端阳，时见莺飞柳浪长。
此日登高须进酒，清歌一曲寄忠良。

其二

万户千家解粽忙，榴花照眼正端阳。
门前艾虎生威气，案上雄黄逸酒香。

其三

千帆竞发鼓锵锵，万众齐心势慨慷。
又是一年争渡日，榴花照眼正端阳。

二〇一二年六月十二日

清明即事

　　偶见路角的桐花盛开，已是清明时节了。记得幼时，祖母尝将桐花做菜给我们吃，味道虽不如槐花鲜美，也是别有滋味。祖母于2008年去逝，享年88岁。今见花开，赋之以纪。

时近清明草木悲，客行处处柳低垂。
不知贫巷斜阳里，几树桐花发旧枝。

二〇一二年四月二日

端午三首

时近端午，举国缅怀屈原。赋之，兼悼汶川地震遇难同胞。

其一

节近端阳倦客愁，波心无语自东流。
咏怀谁解登临意，但酹忠魂与故铸。

二〇〇八年五月二十四日

其二

云旗猎猎卷兜鍪，浪里群龙竞上游。
千古英魂今在否？波心无语自东流。

二〇〇八年五月二十六日

其三

　　端午时节，各地争相龙舟竞渡，观者如云，多有少年人，问之所以，不知其然。感叹不已，记之。

波心无语自东流，人世悠悠几度秋。
竞渡能知忠骨泪？滔滔雪浪问龙舟。

二〇一〇年六月十六日

夜半闻鸡鸣思祖逊闻鸡起舞事有寄

夜半忽闻鸡鸣，颇觉新鲜。觉而难眠，思祖逊事，有寄。

闻鸡中夜蹴知邻，起舞何须问苦辛。
剑气啸吟寒与暑，功夫不负有心人。

二〇〇八年一月二十四日

书 剑

　　尝观《楚汉风流》，时与人论之。或有言及"楚汉之争"者，多有贬汉褒楚之音，似有悖于史页。余感张良之谋，叹项羽之勇，和之以诗，曰《书剑》。

　　　莫言书剑志蹉跎，文弱张良啸楚河；
　　　力拔山兮难盖世，从来儒士定风波。

　　　　　　　　　　　　　　　　　二〇〇八年一月十七日

孤山梅

闻北国落雪，思及梅妻鹤子之事，遂借雪咏之。

不羡春暄慕雪皑，疏姿闲待腊魂裁。
孤山亭外鸣皋舞，为有清香暗里来。①

二〇〇二年十二月三十一日

【注释】①鸣皋：传说林逋所养的一对丹顶鹤。

汴梁菊

开封菊展开幕，朋友相邀，无暇，惜之。题之以赠。

年年自与西风约，槛外篱边次第开。
莫道重阳秋已甚，抱香老圃待霜来。

一九九九年十月二十八日

山中兰

尝于山中见兰，久而能忆其芳。偶读韩愈《幽兰操》，感而赋之。

清芬岂与众芳同，蕙叶猗猗馥暖空。
那怕山深人不识，谷幽涧远自葱葱。

一九九九年四月二十日

闻梁祝有感

午后，漫步校园，闻梁祝之乐，有感。

风盈罗袖半含烟，十里长亭闻杜鹃；
窗外青山云外雨，林中蝴蝶水中天。

一九九八年九月二十七日

五言古诗

咏　剑

友藏宝剑一口，邀往观之。归而有感，励之。

身经百炼火，光耀九霄云。
情系阳关月，魂牵塞外琴。
常思八阵谱，故作壁上吟。
不立将军志，奚来匣里寻。

二〇〇六年十一月七日

四言诗

华夏龙祭

惊闻有所谓专家者，不知何许人也。诮西方之好，无视民族文化，置千秋大义于不顾，欲一言而灭我华夏神龙，哀哉！数典忘祖之徒。生为华夏子孙，深觉其人可恨，其言可悲，特作《华夏龙祭》，以纪之。

斯有英灵，万兽之宗。九州骨魄，华夏图腾。
在天为王，霞蔚云蒸。调顺风雨，五谷丰登；
在地为圣，善扬恶惩。和谐社会，国泰民兴。
尝为帝祖，授其万乘。保其社庙，佑其河陵；
曾为农神，燃其长灯。护其稼穑，助其春耕。
来既无影，去亦无踪。天高海阔，皓皓螟溟。
神兮神兮，奇作奇功。伟哉伟哉，大德大能！
今有谀佞，不俗不僧。崇洋媚外，狗苟蝇营；
欲灭龙图，另立象征。如此谬论，岂不愚甍？
无知狗仔，恶意煽风。使临深渊，使履薄冰。

华夏子孙，义愤填膺。唤起群豪，剪其毒藤。
千秋血统，一脉相承。舍我神龙，其孰可胜！
水不在深，有之则灵。华夏虽大，无之则崩。
呜呼哀哉，伏惟尚飨！

二〇〇六年十二月六日

豫见诗余

　　易卦辞曰：豫，利建侯行师。刚应志行顺以动，豫之时义大矣哉。

　　豫见而悦，大有所得。

　　雷出地奋，无所不成。

——《豫见诗余序》

该部主要收录作者庚辰年至乙未年间词作六十首。

菩萨蛮

夜雨难眠，思及近况，颇无聊赖，至晨有感。

夜来风雨愁何似，几番惹起心头事。惊梦与谁同，隔窗飞落红。

暗蛰啼复歇，灯影明还灭。莫作惜花人，明朝合断魂。

二〇一五年十二月十二日

鹊桥仙

秋节后几日，龙山堂雅集，与众贤论道，其乐何极！又有佳茗共品，咏之。

玲珑玉指，殷勤彩袖，挥洒兰馨一捧。姣姣芳泽未加时，便惹得、千般恩宠。

瑰姿艳逸，凌波微步，摇落风情万种。盈盈绰态欲轻扬，又惊了、几番心动。

二〇一五年十月二十五日

菩萨蛮

秋宵露重，月照寒江，凭阑而有所思。兼怀弟刚。

相思莫近危阑倚，西风不解凭高意。何处雁声残，一川明月寒。

楚天千里路，渺渺分云树。满目尽清辉，几番归未归。

二〇一五年九月二十八日

青平乐

暮春时节，正芳草萋萋，飞红遍地。于细雨微风中，忽见双飞燕子，感而有寄。

萋萋江畔，落絮随波卷。一地桐花都不管，惆怅去年双燕。

阶前雨细风微，渡头雾锁烟迷？休向画阑空倚，杜鹃声里春归。

二〇一五年五月四日

浣溪沙

清明时节，因公务不能回乡，惭愧不已。雨后，见桐花欲落，感而寄之。

过尽清明愈思家，凭高望处画阑斜。迢迢客路柳烟遮。
十里楼台飞燕子，一溪风雨落桐花。几番魂梦断天涯。

二〇一五年四月九日

菩萨蛮

近日公务颇繁，心中不甚宁静。晨起无聊，倚窗望远，感而寄之。

小园芳径莺啼早，觉来惊起愁多少？帘幕卷东风，落花丝雨中。

幽怀谁共语，惟有庭前树。寂寂莫凭阑，晓轻春意寒。

二〇一五年四月六日

忆江南

近闻家乡多雨，而赣南春阳普照，又逢清明，感而寄之。

寒食后，万户起新烟。客地春风催柳絮，故园春雨湿茅椽。独立望长川。

二〇一五年四月五日

忆江南

春光明媚，携家人江上踏青，更觉春之灿烂。感而记之。

春光秀，新绿染桥头。紫燕剪开千柳翠，黄莺啼破万丝愁。碧水荡轻舟。

二〇一五年三月十五日

忆秦娥

夜梦少年之志，觉而惭之。遂填《忆秦娥》，励之。

钟声彻，望江亭外山重叠。山重叠，西风古道，落霞明灭。

男儿志向坚如铁，千锤百炼真雄杰。真雄杰，云帆高挂，壮怀激烈。

二〇一四年八月一日

踏莎行

尝于壬戌月丙子日游赣州北门口，并填《谒金门》。时值深秋，雨后初晴，天高岸阔，秋光无限。今复临，景虽如旧，已增寒气矣。忆彼时而填《踏莎行》，兼寄。

暮薄烟轻，雨余风软。鸣榔乍起秋江晚。行舟何处问迷津，满汀芦叶寒沙浅。

水阔鱼沉，天高雁远。书成难寄徒流返。无端蓬絮逐云飞，一怀愁绪随波卷。

二〇一三年十二月二十九日

谒金门

阵雨初歇，斜阳时出时没。临江而有所思，寄之。

西风起，漫卷一湾秋霁。两岸青山空壮丽，白鸥沙际耳！
波上寒烟敛翠，渡口孤舟闲系。红蓼滩头斜日里，塔高人独倚。

二〇一三年十一月六日

忆秦娥

时近中秋，世人共盼明月。与父母聊天，忆昔多年分离之苦，思之尚有余悲。且弟长居秦川，相隔千里，仍不得聚，不免凄然。

宵烟灭，桂花香冷中秋月。中秋月，年年今日，照人伤别。

从来羁旅愁佳节，高台一望心悲切。心悲切，堂前镜里，满头霜雪。

二〇一三年九月十三日

临江仙

赣县樱花公园，于贡江之滨，连绵十里。时值花开，与妻携子往观，有寄。

闻道樱园春正好，空晴日暖风熏。约妻携子探欣欣。飞花沾彩袖，坠露湿罗裙。

十里烟霞迷望眼，时来翠鸟殷勤。清江着意起涟纹。白蛾飘洒洒，红蝶舞纷纷。

二〇一三年三月十日

临江仙

　　自居城市，梅花已不多见，或偶于花店见之。以吾观之，花店之梅，花开虽亦井井有时，实则附庸之雅，全无凌寒风骨。尝见乡野之梅，其雪中之姿，月下之影，虽经数载而不能忘。试忆而咏之。

　　皓态迎春春料峭，无言陌上萦蟠。花开独向雪中看。疏枝临水瘦，瑶蕊映山寒。

　　一树幽香随梦发，堂前弓影阑珊。孤标自古画图难。清宵村笛里，邀月倚阑干。

二〇一三年一月十五日

满庭芳

秋日登楼有感。又近中秋，兼寄。

槿萼含烟，桂枝浮玉，芭蕉叶卷清秋。问君何事，今日又登楼？闻道危阑莫倚，倚阑处，最怕箜篌。西风起，无人载酒，不似少年游。

凝眸。当此际，舟闲渡口，萍寄中流。对银浪霜涛，思绪难收。争奈飞鸿过后，向只影，徒计新愁。愁肠断，江边衰柳，江上一沙鸥。

二〇一二年九月二十七日

临江仙

春江即事。

　　立尽斜阳思渺渺，等闲潮起潮平。浮光塔影掉声轻。春江烟浪里，依旧小桥横。

　　望断长峦青未了，暮鸦啼处心惊。此生常恨岁华更。无边津岸柳，清夜怅云程。

二〇一二年四月二十一日

江南秋

乙酉中秋，曾自度一曲，曰《江南秋》，时近重阳，依其韵而填之。

九月九，是重阳，万木已清霜。山高路远秋风劲，归雁一行行。

九月九，是重阳，墙外菊花香。渔舟不解登临意，江晚起鸣榔。

二〇一一年十月五日

贺新郎

为朋友赋词以壮行。

酒壮骊歌起。尽西风，潇潇时暮，栈云天际。漠漠轻烟笼堤柳，隐隐青山如醉。牧笛短，新愁堆积。此去篷程千重渡，望行舟、满眼江波碎。舟已在，月明里。

远怀何患身如寄。任平生，五湖饮马，九州驰辔。天教疏狂休辜负，落落书生意气。是一派、凌霄之志。浮世从来多聚散，赖征鸿，分付经年事。虽四海，若邻比。

二〇一一年一月十九日

人月圆

庚寅年戊子月丙辰日，与妻在聚德山庄举行结婚典礼。场面热闹而喜庆。至晚有感，填《人月圆》，以寄。

今朝准拟良辰日，新妇试新衣。白纱红履，金钗玉佩，绣被香帏。

雕车次第，鼓箫竞奏，天庆佳期。此心永结，此生连理，比翼齐眉。

二〇一一年元月一日

千秋岁

十日乃母亲生日，在外萍飘蓬转，失之多载矣。今岁虽已暂安，仍相隔千里，不得同庆。妻买衣寄之，余感动不已。是日，电话拜祝，感伤盈怀。有寄。

重阳节后，秋肃黄花瘦。客路远，西风骤。幽怀从雁阵，心绪随江溜。谁与我，今宵共饮登高酒。

游子归来否？慈母空凝首。依约是，门前柳。叮咛犹在耳，酸泪沾征袖。愁黯黯，鬓间白发眉间皱。

二○一○年十月十七日

青玉案

　　年年有端阳，今又近端阳。世事变幻，时过境迁，想去岁端阳之慨，比今之感，则迥异矣。读己丑旧作《青玉案·端阳》，反其意而和之。兼赠。

　　多情最是黄梅雨。洒不尽，端阳暮。风物依然江上树。十年悲笑，千般愁绪，毕竟东流去。
　　人生常伴甘和苦，吟味方能识佳处。脉脉此心曾暗许。浴兰时节，君应知否？相对缠红缕。

二〇一〇年六月十二日

暗 香

　　立春将近，天气欲转暖，不觉又到春天。人谓燕子乃春之使者，料南方越冬之燕将北迁矣。忽忆幼时家燕，年年南来北往，不辞辛苦，咏之。兼赠。

　　乍闻社鼓。又匆匆过了，一番寒暑。柳色渐青，谁向花间剪春煦？陌上双双掠影，争俏俊，差池其羽。对雕梁，软语遇遇，还并旧廊庑。

　　休诉。别离苦。任地北海南，野旷朝雨，万山雪暮。何事年年踏羁旅？解道闺中翠黛，频倚阁，殷勤相顾。足底线，应系得，几行字句。

二〇一〇年一月十八日

青玉案

　　端午节，雨。晚景时分，对江独立，思绪难平。想年来旧事，了无踪迹；十载欢笑，将成往事。顿感悲凉，寄之。

　　端阳时节多风雨，那堪更，沉沉暮。十里幽烟空锁树。一江寒碧，一怀愁绪，一任东流去。
　　无情不似多情苦，忍顾寻常倚阑处。未审悲欢能几许？从今而后，问君知否，最怕听金缕。

二〇〇九年五月二十八日

菩萨蛮

暮春即事。

春光寥落春山暮，春风惆怅春江渡。桥影掩渔舟，白萍舟侧浮。

沙堤空伫立，杜宇声声急。堤柳抚征衣，杨花迷眼飞。

二〇〇九年四月二十五日

点绛唇

与友闲聊，思及旧友。夜来难眠，念当日送别之情，寄之。

醉倚危阑，平生豪气呼今古。壮怀轻举，王霸从头数。
我为狂歌，一曲阳关赋。君应舞，断云微度，千里霜鸿路。

二〇〇八年七月一日

念奴娇

戊子年五月初三，晚，游南京夫子庙，见其店铺林立，行人熙攘，而江南贡院、乌衣巷、王谢古居、吴敬梓故居等尽掩于民居之间矣；唯秦淮河畔壁画，略显陈年旧事，正所谓"旧时王谢堂前燕，飞入寻常百姓家"，南京的文化已经完全市井化了；次日午后，谒中山陵、明孝陵等，有感，步韵东坡《大江东去》。

万方形胜，拥江淮，成就滔滔英物。霸业雄图，谁见了，十里岩岩遗壁。六代烟霞，千年寺刹，看惯云中雪。①樵夫渔父，醉来争论豪杰。

多少迁客登临，怆然悲故垒，胸罗狂发。晋殿吴宫，游曳处，唯有浮云生灭。我辈犹闻，殷勤罗绮，几度催华发。钟山无语，古今同此湖月。

二〇〇八年六月八日

【注释】①云中雪：太平天国时隐语，即刀（兵器）。

浣溪沙

连日来多雨，今日午后天晴。独立桥头，见斜阳之下，柳枝摇曳，绿草生烟，感而有寄。

已是人间四月天，一川芳草绿生烟。小桥西畔倚阑干。
春恨难随春水逝，相思犹被柳丝牵。殷勤风絮落谁边？

二〇〇八年四月十五日

竹枝词三首

漫步江堤，颇多思虑。正芳草连天，柳絮飘飞，感而有寄。

又是人间四月天，满怀愁绪忆流年。
相思犹作眼前絮，因风飞过阿谁边。

江苇青青江水平，江烟漠漠江舟横。
借问纷飞杨柳絮，几番风雨几番晴？

江草萋萋江水寒，烟笼古渡雨初残。
莫作春风惆怅客，杜鹃声里倚阑干。

二〇〇八年四月十三日

南乡子

时近清明，人多吊古怀先。然辗转他乡，触景生情，不免伤感，有寄。

燕燕剪春风，岁岁花开各不同。芳树无言空自惜，匆匆，每对秋千悲落红。

把酒酹江东，凭吊何须访旧踪。时近清明多病雨，忡忡，但折新枝随远封。

二〇〇八年三月二十九日

唐多令

雨水已过，东风解冻，万物复苏。城外杨柳渐青，陌草初薰，正是踏春时节。忆往昔踏春之事，有感于怀，寄之。

朝雨浥轻尘，晌晴柳色新。燕归时，陌上初薰。如此韶光何处去？重林外，杏花村。

携侣约金尊，松窗就翠芹。问白衣，谁遣柴门？得意春风君莫负，马蹄疾，踏青云。

二○○八年二月二十三日

念奴娇

朋友累于公务，遭谴，将行，为其赋词以壮。

江流无尽。正西风残照，送君时节。满眼夕烟皴细浪，几点寒鸦方歇。十里长亭，连天衰草，惊起阳关叠。金波滟滟，醉中豪气催发。

此去应借良辰，孤帆远影，分付青山出。休笑儒冠多自误，惯看五湖星月。中道升沉，莫愁前路，四海同凉热。吾当击筑，壮心犹唱壶缺。

二〇〇七年十二月三十一日

风入松

公务纷扰，友受排挤，怨以小人得志。然大势使然，无可奈何，遂填此词，讥之事，激之志。

江湖一夜浪涛兴，草木尽刀兵。世云深水多阴怪，狂澜急，鱼族狰狞。不似人间形状，赤衣头角峥嵘。

须臾诡异几翻腾，风雨动雷霆。何人借得温君胆，燃犀火，照遍膻腥。再倩长虹持帚，扫清狗苟蝇营。

二〇〇七年十二月十九日

小重山

近日俗事颇多，又朏夜难眠，感浮世匆匆，有寄。兼怀弟刚。

斜月沉沉掩寓楼，笛琴皆入梦，静悠悠。清茶不解万般愁。虫悄悄，倚杖数星眸。

聚散也无由，欢娱如逝水，总难留。浮生岁月几时休。应何日，柳下系兰舟。

二〇〇七年十二月十二日

疏　影

闻北国落雪，遥忆雪中寒梅傲姿，有感。

群花又误。看陌头老枝，素影横竖。不管东君，为唤春归，早将嫩蕊轻吐。花开总伴寒霜劲，便雪来，几时曾惧！对清晖，落落芳姿，但送暗香盈户。

常念孤山旧事，鹤闲临水久，风雅天赋。塞北江南，楚馆秦楼，化作春风词句。品高自有千年赞，座中客，都来称与。道不尽，傲骨铮铮，挺破腊魂如许！

二〇〇七年十二月七日

点绛唇

　　小雪已过，南国仍不见冬寒，近几日尤暖，隐隐间似有春意。昨日黄昏，见斜晖之下，万木竟自青葱，遥忆北国风光，渐生思乡之意，寄之。

　　落日江亭，松枝斜伴条风舞。夕烟千缕，难掩沉沉暮。
　　碧水清波，杨柳迷津渡。归无主。一怀愁绪，都作东流去。

二〇〇七年十一月二十九日

采桑子

秋深霜严，夜凉如水，独步于街，渐觉衣衫单薄，凄然有感。

秋深雁渺边声咽，霜染川河。泪湿铜荷，自古人间离恨多。
风流总作浮云散，对酒当歌。仰望银梭，一曲新词寄素波。

二〇〇七年十一月二十六日

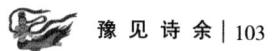

八声甘州

公务纷扰，心中颇不宁静，又逢肃杀深秋，有感于怀，填《八声甘州》，励之。

望苍穹几度换星云，立杖问天翁。但霜风似剑，金声渐怒，摧遍残红。最怕严秋时节，万木谢青葱。见惯平常事，唧唧吟虫。

千古江山如画。忆风华正茂，志建戎功。约高朋满座，慷慨论英雄。惜流光，几番催促？待从头、同唱大江东。天涯远，不应回首，莫管穷通！①

二〇〇七年十一月七日

【注释】①《吕氏春秋·高义》："然则君子之穷通，有异乎俗者也。"

高阳台

时近重阳，秋高气爽，最宜携侣邀朋，登高眺远。离家千里，整日为生计奔波不息，每逢佳节，便起思乡之意，有寄。

鸿雁于飞，①层林渐染，匆匆又到重阳。落日斜晖，登临无限秋光。山高不碍云来去，笑西风，何故仓皇？恰当时，寥廓江天，万里清霜。

年年醉看他乡菊，忆东篱把盏，曾话麻桑。绿蚁初沉，如今谁与新尝？茱萸满首归无计，更那堪，暮霭苍茫。最难禁，世道纷纭，天道循常。

二〇〇七年十月六日

【注释】①见《诗经·小雅·鸿雁》，本为流浪者的哀歌，此处主要表明季节。

诉衷情

月明之夜，忆故人遥遥，觉时光匆匆，聚散无常，有寄。

从来聚散总无常，浮世惜流光。相逢莫问归处，山渺渺，路茫茫。

明月夜，驿桥旁，漫思量。凤箫声咽，玉笛声幽，最断人肠。

二〇〇七年八月二十六日

鹊踏枝

日暮，漫步江堤。时见燕子斜飞，落絮飘扬；又有翠鸟啼鸣，其声切切。至晚有感，得《鹊踏枝》四阕。

其一

极目高城千嶂叠。南浦潮生，已是春时节。
帆影依稀烟水阔，曲阑犹记经年别。
柳蓓新黄争忍折？肯赖东风，吹展芳心结。
又恐啼鹃声切切，一朝呼起杨花雪。

其二

独立小桥风细细。柳岸烟轻，袅袅连空翠。
一望青山斜日里，行云又在青山外。
过眼芳华随逝水。为问苍波，谁解凭阑意。
忽见去年双燕子，归飞偏趁杨花起。

其三

南浦归来春寂寂。草径烟迷，误入垂杨陌。
燕燕急飞寻旧宅，穿花拂柳惊行客。
为问新愁空伫立。肯折柔条，绾住春颜色。
争奈东风无气力，落红又被莺声迫。

其四

绿掩重门春几许。倚遍阑干，惆怅无情绪。
欲寄闲愁邀尺素，行云飘渺知何处。
翠鸟殷勤啼碧树。午梦醒来，依旧空帘庑。
却问新飞杨柳絮，乱红尽日相逢否？

二〇〇七年四月七日

十六字令

时光永驰，山川依旧，世事艰难。今偶得闲暇，戏赋《十六字令》两阕，以寄。

川。一带轻分两岸山。涛澜急，东去不回还。

山。霞蔚云蒸立九寰。征服易，只要肯登攀。

二〇〇七年三月三十日

乌夜啼

公务纷扰，近来颇有情绪。承各位新朋旧友关怀，感激之情，萦然于怀。寄之。

世路风波险。朝云暮雨三番。多情最是天涯客，日晚倚斜阑。把酒且消光景，鹏程万里河山。人生自古多磨难，何足挂唇间。①

二〇〇七年三月二十五日

【注释】①即"何足挂齿"，语出《汉书·叔孙通传》："此特群盗鼠窃狗盗，何足置齿牙间哉？"

谢池春

公务纷扰。时风急雨骤，望江水滔滔，波兴澜起，不觉怅然，有感。

风雨春江，几度掀涛兴浪。岸无声，烟迷樽桨。山高路远，倚豪情千丈。踏征途、藻舟摇荡。

莺飞燕走，还似旧时模样。对离亭，空留惋怅。功名如水，伴潮来潮往。叹流年、又生虚妄。

二〇〇七年三月十六日

渔家傲

宴席，有少年客，大谈成名趁早之说，言之凿凿。其间有年长者，闻之羞惭，以致无语。填：《渔家傲》，调笑和之。

人道成名须趁早，浮生岂得长年少？白首无功空悔懊！天有兆，时光最易催人老。

我笑此人真困扰，年轮不过光阴貌，自古人间惜晚照。君莫燥，且听一曲渔家傲！

二〇〇六年十月三十一日

浪淘沙

多事之秋，同仁多有忧者，抱颓废之心。夜读史，见郦食其事，不过一草间儒冠，敢逞舌辩，终封广野。遂有所悟，寄之。

人世太匆忙，又见林黄。水流竟自逐尘芳。挥手从兹阡陌处，一地秋霜。

煮酒拟疏狂，细数君王。英雄岂惧用兵场。裘帽青衣尊广野，且看高阳。

二〇〇六年十月十三日

踏莎行

丙戌中秋，乘月游园，见行人如织，思家乡之貌，有寄。

玉兔燃灯，宫娥起舞。吴刚当日求仙处。扁舟渐远渐难寻，故园山水无重数。

丹桂披霜，芙蓉沾露。临家正待归宁女。①三杯清醴寄慈恩，一怀愁绪随潮去。

二〇〇六年十月六日

【注释】①归宁：已嫁女子回娘家看望父母。语出《诗经·周南·葛覃》"害澣害否，归宁父母。"

鹊桥仙

会饮，有客酒后面如关公，其豪气不减，感而寄之。

碟盘翻辗，觥筹交错，茶酽酒香语拙。吆三喝五互推杯，莫笑我，颜醉面热！

无端离合，寻常聚散，总是韶华更迭。相逢自必醉今朝，休负那，青春芳冽！

二〇〇六年二月二十五日

青玉案

　　离家三载，而无暇回望；朋友大多浮游他乡，难以相聚。见重阳落日余晖，感慨良多，有寄。

　　金风渐袭秋声怒，异乡客，正孤旅。衰柳寒蝉愁满路。江波流韵，岸香萦雾，立尽重阳暮。
　　华年三九多虚度，[①]半腹心酸共谁语。一捧黄花尝遍苦。塔高楼远，断鸿哀顾，桑梓知何处。

　　　　　　　　　　　　　　二○○五年十月十一日

【注释】①三九：时年27岁。

江南秋

中秋佳节，思绪万千。自度《江南秋》，寄怀。

秋风起，秋水凉，几度菊花香。片帆一梦孤鸿远，秋月照寒江。客心怅，客路长，底事费思量？知交零落无萍迹，客寓惜清光。

二〇〇五年九月十八日

江城子

与友把酒，见月出之光，远来隐隐琴声，戚戚然有思乡之意。
然中秋渐近，相聚无日，不觉怅然，有寄。

何人乘月弄清弦？漏声悬，曲阑珊。万绪千思，无语望婵娟。
把盏凌风图一醉，醒却是，独凭阑。

素娥宫里玉蟾闲，药香残，桂香寒。举首苍穹，奚处是乡关？
遥记当年簪菊处，蛩唱急，雁飞翩。

二〇〇四年九月二十二日

阮郎归

旅居洛阳，晨起见落花有感。

雨晨初霁逸尘香，青帷卷翠芳。梦痕洗罢自惆怅，落红满榭廊。
观物是，叹流光，晓风催断肠。千言纵有对西厢，奈何参与商。

二〇〇四年四月五日

临江仙

早起，无心晨练，倚窗望远，有寄。

　　酒入愁肠翻作泪，相思一夜成灰。罗衾不奈晓风吹。萧萧帷帐里，剩有梦依稀。

　　独立寒晨听远笛，凭阑空念阿谁？幽幽小院正花飞。可怜檐上月，难照彩云归。

二〇〇一年三月二十日

浣溪沙

日暮时分，凭阑望远，有寄。

日暮远山箫鼓残，晚云空自叹悲欢。别时容易见时难。
花落总逢人独立，月明常照影孤单。相思那得几回闲。

二〇〇〇年九月十二日

普味斋词话

　　——普者天地之德，味者意境所至。易道周普，人生百味；喜熟普，诗重情味！以为斋号云。

该部主要收录作者词话十三则。

【一】词海浩瀚，名篇累牍，今人之承扬，无外乎浸淫其中，辟径其外。板桥先生云："领异标新二月花。"领异标新，不失为今人为词蹊径。然则须谨记：标新必植根传统，领异须兼采众长。

【二】为词之法，可以学古，但不可泥古。学其比兴，不泥其景物、情境，而代以当世物境，方为善学。盖因时代变迁，今人当与时俱进也。

【三】情志之生发，可以为词。或借景抒情，或托物言志，是为状物，乃为词之常法也。故曰：状物贵在见精神。咏物必有所寄，抒怀必有所托，是为见精神矣。

【四】静安先生云："一切景语皆情语"。至论也。今人虽知其理，却不知景必应时，情须随意，方为自然。合乎时令，发乎性情，乃有神来之笔，故佳句多偶得。无病呻吟，则失之矫矣。

【五】人言"春秋多感伤，冬夏多咏颂"，盖因气之升降浮沉故也。此亦合乎景语情语之论。然此非定论也，反其道而行之，亦未尝不可。

【六】为词之要，唯在真实自然。我之当下情感，乃真实也；他人之情感，则隔矣。我之眼前景物，乃自然也；过眼之景物，则虚矣。如夏之颂雪、梅者，冬之咏蝉、蛙者，岂非与夏虫语冰乎！

【七】语尽而意不尽，味乃足。其要也，一在比兴，二在炼字。

【八】情意之不达，皆因字之不炼。炼字者，当熟知字词之本性，而后知其用，知其变。动词、领格之炼，尤为重要。

【九】合乎章法，达乎情意，自是佳作。然二者又当以情意为重，所谓不以辞害意者也。如此，则稍变乎章法，亦不为过。

【十】所谓沉雄，乃发乎沉郁。盖沉郁之至，厚积薄发而为沉雄。梅斋评余词《八声甘州》曰：上片沉郁，下片沉雄。盖因上片有"见惯平常事，唧唧吟虫"句、下片有"惜流光，几番催促？待从头、同唱大江东"句也。

【十一】用典恰切，词之内蕴丰而韵味足。然用典之要有三。一者，言有所据。杜撰非典也，以典化典亦非典也。何也？如空中楼阁，或他人嚼饭，无根、无力、无味者也。如"卧槽泥马"辈，则低俗矣。二者，意有所托。凡用典，无非明用、暗用、化用，或借以讽喻，或藉以抒怀，此外无需用典。三者，用之宜慎。可不用，则不用；必用者，以少为妙，典多则辞藻堆砌，而意句晦涩，哗矣！余观善用典者，通篇则一典足矣。

【十二】灵感出则佳句得。然灵感无不出自勤奋。择前人名篇佳作而揣之，时时思之、诵之，日积月累，必有所悟。

【十三】或问：前人之句可用否？余以为可用。盖因时过境迁，事易时移，其成句之意境亦变矣。然亦当少用，或化用，其理同用典。其要也，当不据于原意，其人其境已逝，虽原句亦当另立新意；或以诗句入词、以词句入诗者，亦别有妙境。余诗《桐花》（其二）

"燕低欲问时，一霎清明雨"，乃借冯延巳《鹊踏枝》"红杏开时，一霎清明雨"之成句；冯氏写情愁，余则乡愁。故其句虽同，其境却异矣。

后　记

　　余素喜诗词。究其由来，已不可考。然有两件事记忆深刻，余以为有所根原。

　　余年十岁，曾协助班主任办过一期板报，主题是珍惜时间，班主任在修改余之文章时，在结尾引入一首诗曰："一寸光阴一寸金，寸金难买寸光阴。失去寸金容易找，失去光阴无处寻。"后来板报获优，余颇受鼓舞，原来文章中引入诗句，可以增色添彩。

　　余十二岁时，听诸学兄朗诵东坡先生之《水调歌头》："人有悲欢离合，月有阴晴圆缺，此事古难全。但愿人长久，千里共婵娟。"余感叹不已，世间竟有如此美妙句子，遂索全篇诵之。其后，余求得《唐诗三百首》《宋词三百首》《元曲三百首》，陆续习之，更觉受益匪浅。

　　而对于真正从事诗词的创作，余起步实晚，盖始于大学期间。早年虽亦偶有所得，但不识格律，不通平仄，更无甚意境可言，于大学期间全部弃之，仅取稍通顺者一二，反复修改，本集的早期作品，尚能看出痕迹。

　　大学毕业后，辗转南方，羁旅漂泊，每有所感，辄以诗词记之，十余年来，佳作亦复寥寥。友或问曰："有此情怀，何不多写多填？"余乃无言，盖与余之创作原则有关。余以为，诗词之创作，非为量者，为心也。正所谓"有感而发"，诗词创作当"合乎时令，发乎性情"（此论在附录《普昧斋词话》中有详细表述）。故而虽坚持多年，本集所选，亦不过百首而已。

诗词创作，却为自己带来真真实实的快乐。或羁旅乡愁，或山水凭吊，或节日咏叹，或友朋互赠，每有所得，朋友间互相琢磨、玩味，亦别有趣味。

今番得以结集，也得益于朋友、家人的鼓励与支持。非为名利，聊慰寸心而已。

感谢赣南师范大学文学院马国栋教授。马教授潜心国学，造诣非凡，对余诗词创作提供了很多帮助，可谓余之"一字师"。没有他的悉心指点，余之诗词创作之路可能要走很多弯路，甚至中断，更逞论结集出版。

感谢敦煌文艺出版社的董宏强先生，他精心组织本集的出版工作，并提出了很多宝贵意见。感谢西京学院艺术中心主任、书法家马国良先生为本书题写书名。

感谢一直以来相识相伴的所有朋友们，他们的鼓励，乃余诗词创作的信心之源。

特别感谢爱人陈海燕女士，没有她的欣赏、支持与鼓励，是万万没有这个集子的。她一如既往的关爱与对家庭无微不至的照顾，为余诗词创作提供了空间和动力。余将本书献给她，同时，余亦将本书献给父母大人、子钰宸以及所有家人。

是为记。

孙志勇于道微书院

二〇一六年六月